現代短歌ホメロス叢書 PART I ―― 9

糸川雅子

Itokawa Masako

歌集

橋梁

飯塚書店

橋梁・目次

I

装幀 ㈱ポイントライン

橋梁

糸川雅子　歌集

I

世界

朝焼けはくすくす笑い小走りに寄りくる少女のようで　なつかし

あかのまんまかたわらにありうとうとまどろんでゆく犬の午後二時

パリのような東京のような街映る音量ゼロの画面のなかに

山川出版の教科書で学ぶ世界史のなつかしさかな　高校時代

どんどんと世界は狭くなってゆく飢えたる子らがうずくまりつつ

「インターナショナル」から「グローバリゼーション」へ掲げられたる看板替わる

すっとぬける草と力の要る草がありて座敷の庭にかがめる

平手にて頰うつごとし秋空はきれいな青でリセット迫る

鉄橋の向こうにおちてゆく月は二度と会えないひとの顔する

眼の秋・耳の秋

あききぬとめにはさやかに見えねども風のおとにぞおどろかれぬる　　藤原　敏行

秋山に誰も知らざる風ふきて風のにおいが里までとどく

風の声ときには嘘も言いながらそれでもいつしか秋がきている

水面にぽちゃんと小石の落つる音私の体のなかからきこゆ

「おどろく」と目覚めることを言いおりき祖母ありて昭和の朝なつかし

神無月　稲穂の色のパンを割き旅人のような鞄をさげる

ひっそりと朽ちてゆくだろうこの家は法事の薬缶を蔵から運ぶ

笑い声いじわるそうでせつなくて秋告ぐる風柿の葉にふく

落ちている熟柿を踏んでしまいたり靴のかかとがぬるっとべたつく

伊予の国海沿いの町に「大西」とう駅名あれど降りしことなし

夕暮れの情景ばかり並びたる歌さびしくて寡婦のようなり

幸福な女流歌人はガラスふきシチューを煮つつ言葉を紡ぐ

毒入りの冷凍野菜報じられ世界は魔女の大鍋のなか

とがっている感じを残し東京の坂の向こうに夕日沈みし

鉛筆の短くなれるに力込め字を書くようなひたすらさかな

野菜スープとお粥ばかりを食べている女のようなり　譲りたる恋

消費期限過ぎたる恋は黴もせず朽ちてもゆかずしずかにわらう

買い替えて薄くなりたるテレビには今年の山の紅葉映る

家電みなちいさくうすくなってゆき平成の秋ちんまりと坐す

再婚をさかんにすすめてくれる秋　娘もほどなくわれを離れん

生真面目な男子生徒の姿してつぎつぎに柿の葉枝を離るる

夕焼け

飼い犬に夕暮れ餌を持っていきしばらくわれは空を眺むる

路面の水たまりが血のようできっとわたしは不幸なのだろう

晩年はいかばかり長し江戸の秋転びバテレンと呼ばれし人は

泣くまえに目の奥の扉《と》がキンとゆれシロツメクサが夕陽にかすむ

山脈が近くに迫りその下に片側一車線ふるき国道

「かわたれ時」「逢魔が時」はた「薄暮」とおくにものの落下する音

立ったまま焚かれてやろう夕焼けに額輝かせ秋の向日葵

次々に柿落ちてゆきどの柿の落下の瞬間《とき》に会うこともなし

いろいろとありましたけれど……呟きて目を閉ずるとき夕焼けの空

あちらでは誰かがシンバル鳴らしいるだから夕暮れ　雲のあかさよ

山国の日暮れは早し味噌汁の椀にしめじと里芋うかぶ

もらい湯は汚れてほのかにぬくかりと祖母はかたりき　夜の集落

甘いものばかり食べおり指先を汚しぽろぽろこぼして舐めて

オートバイ

雲の奥雪生るる空のあたりから象の啼く声ここへ降りくる

背な寒し湯が沸くまでを炎に向かい　ウシロノショウメンダアレ……だ

国境はオートバイにて越ゆべしと知りしは若き日フランス映画に

魔女のとぶ箒のごとし両腿を絞めてあやつる銀のオートバイ

真夜中にコンビニ照らす灯りあり不安な人の心臓のように

ビタミンのサプリと牛乳買いもとめ雑誌のコーナー立ち読みをする

指先にセータの袖引っ張りぬこころほどけて溶け出してくる

口のなか葛根湯の匂いして咽喉が渇きぬ肩凝りの夜

筍

長靴をはきて筍ほりにゆく家族はおらず　たけのこそだつ

手をのばし空《くう》に書く字の筆圧の健やかにすずし恋のごとしも

腋の下そわせてみたしさびしさを測る目盛りの機器があるなら

先に眼鏡おちてしまいぬリノリウム床の鉛筆拾わんとして

患える犬を抱けばふんわりとかるし歳月をかかえるごとし

自治体のゴミの袋が透明になりしは平成大合併の頃

さびしくてならぬ夜更けはブランコが家の梁より垂れくるごとし

鍬形虫《くわがた》が枝這うように動き出し電車はホームを離れてゆきぬ

われ消ゆればどうするだろう子は犬は駅前広場を過ぎつつ思う

玉砂利

「かの夏」とながく呼ばれき夏がきて神社の境内玉砂利ひかる

ぎしぎしと音たてて踏む靴の下ひとりじゃないよと囁いてくる

美しくしろきひろがり玉砂利が個人のこころをリセットしてくる

歳月の節目に季節の花かざり茎はゆっくり水を吸い上ぐ

柱とう単位で人間《ひと》の死を数う　太き柱の鳥居はこわし

平和食堂・平和書房と看板が古びてみゆる昭和の風景

忘れたるふりには長けて動くなく座して足首痺れてきたり

軍手

洗われて軒下に干さるる軍手あり木枯らしが吹き昭和のごとし

暖房を入れてはくれぬ職場なり教育の現場は今年もさむい

遠くには「地方創生」の声がして詐欺師の騙りにしてやられたり

中学が統合されて自転車はキラキラ東の峠を越ゆる

軍手はき二列に並び生徒らと清掃場所の神事場へゆく

乗り合わせともにゆらるるバスのなか「次止まります」約束灯る

如月の満月の夜にメール来て盗人萩の咲く頃会いし

ほんとうは自分をリセットしたいのだ嫌いな顔が次々浮かぶ

ジャム味のチョコレート甘し友人の手提げのなかにありて　晴天

マグネット式ネックレス留めるように頸の後ろに時代が動く

旧陸海軍兵士用作業手袋日射しのなかに整列しており

ふりかけをかけ忘れたる白ごはん交互に玉子と口に運べる

遅刻

うまおいが鳴き交わすごときかそけさに雨降りはじめ図書室匂う

ゆでられてつるっと湯からあがりくる卵のように灯りがともる

不正行為《カンニング》の現場を見つけてしまいたる教師のようにまばたきをする

「遅れたから」遅刻の理由をそう記す生徒のあれば叱りてたのし

果物は実りておもしピサの街大地がものを引きたる力

バリウムを飲みたる午後の下腹部に感情として重き塊

絵本には赤鬼青鬼こわき貌その鬼の背な見たることなし

空爆を受けたるガザに石投ぐる若者の映像三度目にする

待つよりは待たせることの多くありまことはひとを待ちたきものを

わが死後も季節はめぐり枸杞《くこ》の実の赤を見つむる人の眼あらん

ふわふわと雲の形を捏ねるのは澄みわたりたる冬の手力

湯上りの背なぬぐわんとタオル持ちしばし待ちおり月のぼるまで

四月一日

明け方は風の音きき目覚めたり四月一日職場に出向く

おばさんまだですかというように硝子戸の向こう犬がみている

離れ住む子らを思いつほどのよき厚さに切りてパン焼きあがり

どこへだって行くのですよと告げてくる白さのような鷺を見送る

しばりたる袋の口の時かけてゆるめばなかよりさびしさのぞく

詰め少し甘い構成と思いつつ生徒の文章追いかけてゆく

説明の足らざる部分見開きのページの余白に付箋貼りたる

行きと帰り水路に鷺をみかけたりしろき体はひとりの清しさ

花びらは夕光《かげ》のなか窓の外うす灰色のひろがりとなる

夕暮れはただごとならず人間《ひと》動き畦道とおく亀の声する

日蝕

日蝕の前夜に思う盗まれし消しゴム　シール　そして歌言葉

鯨汁すすりし朝夢のなかすさまじきかなひとを呼ぶ声

こころには鴉を飼えり日がのぼり屋根の上からああ、ああ騒ぐ

人間は声をあげては空仰ぎ欠けて瘦せたる日輪渡る

常に常に円かであること苦しきと乙女のように髪あらうかな

ぬばたまのながき黒髪すすぐ間は眼を閉じて夢をみるべし

蟬の骸点々とある家庭《いえにわ》を散歩し蟬を老犬は食む

嬉しげにしっぽ振りつつ食べており前脚のあいだ蟬をはさみて

「イッショウノオネガイ」と子はよく言いき麦茶飲みながらフルーチェ食べながら

引率

柔道部主将のT君は息子よりずいぶん若い引率してゆく

土讃線下りにゆられひさびさに大歩危《おおぼけ》・大杉《おおすぎ》・後免《ごめん》まで来る

「四国大会」の看板かかる競技場龍馬空港に程近くあり

そこここに着替えの少年かたまりて肉のぶるぶるゆれている見ゆ

常連校の顧問の教師らかたわらに集い親しく挨拶をする

観覧席のわが傍らに立ったまま水飲み次の試合に帰る

嚙み切ればがんもの煮汁の濃き味がゆあんと口のなかにひろがる

一試合見逃してしまえりもう少しと『恋する西洋美術史』読みて

語り部

透明な入り口日暮れの野にありて風は律儀に扉をひらく

友ふたり喪える春ひとりとはこころ離れてひとりは逝きたる

欠席の翌日貸してもらいたる中横罫の大学ノート

声変わりしたるは晩春　それよりはおもたく語る稗田阿礼

語り部の語り継ぐとき記憶より色濃く水辺にあやめはひらく

したことを忘れてしまいし約束のあるごとし鴉の鳴き騒ぐ朝

「離さない」告げてしまえばその人ははなれてしまい　紙燃えてゆく

ありのままのわれがおりしや前の世はひとに甘えてその背に添いし

とろうりと穏やかな眼でひと見あぐこれなら誰も逃げてはゆけず

しずくして冷えてゆくのはこころだとつぶやきながら雨降り始む

あやめ咲く水辺に焚火の跡ありてきのうの時間がぬれつつ消ゆる

夢のなか西へとびたる鴉かな明け方じっとわれを見下ろす

返してはいないノートのようになお余白に言葉書く可能性

正月

お雑煮の餅の白さを嚙み切りて母屋の座敷新年祝う

勝ち負けを賭けてはなやぐ双六は上がりの「大江戸」めざして進む

繰り返す動作たのしきジャンケンのパーの掌大きくひらく

招かれて食事の前にまず庭をひとわたり眺めわれら褒め合う

酢橘ひとつまろばしておりし日のおちて母方の叔父橋渡り来る

どうしていけないことがあろうかと問いくるような冬の三日月

雨垂れの音とおくきく足裏に湯たんぽの暖引き寄せながら

若いころはかしこい人が好きだった夫となりしはおおきなるひと

子を打てる女を見たり加湿器の音がしている待合室に

余白

栞おくページの余白ひろきかなさくら便りのきこえくるころ

遠くより旅してきたるひとに会いその背な送り春となりたる

謀《はかりごと》密なるはよしその下に立ちてあおげばさくらのしろさは

花毎にしのび笑いは充ちてゆき日暮れは言なき獣のごとし

枕木のきしむ音して踏みゆけば幼のごとし切なく泣ける

電柱がまぶしげに眼を寄せながらはなを見ており　さくらちる朝

顧みをしないようにと言い聞かせさくらのしたを離れてゆこう

受話器

受話器のなかははるさめ春の宵九十ちかき父の声する

朝夕に電話をし合い声をきき子の東京の暮らしも話す

父もまた一人暮らしのながかりき蚕豆ゆでたことなどをきく

戒名をいただきそれを刻ませてやはりどこまでも前向きな父

0番線増設されてふるさとの駅のベンチに父と並べる

父と食む銭形弁当この店の白味噌の汁とろりと甘し

多度津まで朝食前に走りしと懐かしそうに語れる戦中

耳遠き父には大きな声をかけ会話はややも単調となる

上背のなき関取りを応援する父の昼下がりかたわらにいる

お茶をいれ薯蕷饅頭食べており来週の予定知らせ合いつつ

研石を重石となして蓋をする灯油のタンクにタライをかぶせ

受話器のなかより聞こゆる父の声水飲むようにきょうも伝える

一人暮らしそろそろきついと父は言い鶴亀ハウス見学に行く

紙袋

ふたとせも前のことなり捻挫した右脚痛み　ああ秋になる

飼い犬の眠れる庭に白猫があらわれしばしわれらを見ている

しばらくをオリオンの三つ星見上げたり放尿している犬を待ちつつ

犬の名はチャーちゃんなればオリオンをいつも家族は「チャリオン」と呼ぶ

小さきものに呼びかくるとき膝おりてそのまま少しやさしくなれる

背伸びせず恋してみたしひよこ豆カレーのなかにすくいつつ食む

「カンブクロください」と縁に声がして祖母の渡しし黄の紙袋

沈むべき船ばかり選んで乗り込める船員ならん　まだ生きている

ゆでたまごきれいにむけて遠足の朝のような秋晴れとなる

蒼き魚の模様の皿に無花果の五つを置けば空晴れてゆく

頭の上にしろがねの杭うたれたる朝はありき秋の日ならん

妹をもちたる人はみな少しいじわるそうでたのもしそうで

祭りの日村全体がねっとりと水飴のように濃くなってゆく

こころ尖る感じはありて手回しの鉛筆削りひたすら回す

消費ばかり願わるる夕べ物欲は食欲よりも人間《ひと》を汚せり

とうざいなんぼく小さく限りて眠りゆくとうざいなんぼく呪文のごとし

憲法

「日本国憲法」は一九四七年五月三日に施行された。
六十三年が過ぎ、二〇一〇年当時は民主党政権であった。

この人の若き姿を少ししかすでに知らざり　知らざれどなお

六十三年　日本の春を見上げ来し時にはここへさくら散りきて

人間はきっと誤るものだから……眠れる背なに布団をかくる

この人が死なばたちまち書きためし言葉は夜具とともに焚かれん

舌打ちの声押し寄する幾年かありてひとまず　小康状態

「ダレカナ……」掠るる声が尋うてくる「わたし！」と明るく声を響かす

卓上のおじやの椀のかたわらに鯨尺あり何を測らん

樟脳のにおいしている抽斗に冬の肌着がたたまれてあり

ぬるくなり金盥の水捨てに立つとおく入江にゆるるさざなみ

この水は世界につながる海だからときどきどっと波打ち寄する

気がつけば離れのあかり消えており縁の向こうに闇が際立つ

玄関の戸が開き誰かの声きこゆ悪い知らせでなければよいが

Ⅱ

島

泣きたくて足元冷えてくるような日暮れは欲しき寄せ鍋の湯気

神無月ことしは土手に彼岸花まだ咲いており　日が暮れてゆく

鍋の火を消してふりむく裏口の暗さの向こう燃えている空

背伸びする癖はやっぱり抜けきらず夜寒になりて電話をかける

十円玉にぎりて電話かけにゆく少女にあらず　ふと声ひそむ

混線ということあらばと願わるる「もしもし」と夫の声をききたし

「瀬戸内国際芸術祭２０１０」――女木島、男木島に行く

たまもよしさぬきの国の内海に島多くあり眼にやさしかり

二十分の船旅なれば立ったまま風に吹かれて海わたりゆく

ハシブトのカラスがとまる木の下を巡礼に似て人らはのぼる

風の道人の路地より少しだけ高くにありて海を見下ろす

煮炊きする島の燃料プロパンのボンベが二つ軒によりそう

島出でし一家の本棚そのなかに「由一画集」と「トルストイ」あり

過疎の島てっぺんにある豊玉姫神社は子宝の神様なりき

生まれざる子らは神社の境内に島の盆歌並びてうたう

前に立ち肩に手をおき「いいよな！」と念おしてくる夕焼けのいろ

ここを出てゆきたるものが勝者にて「過疎」とはそんな簡明さなり

翌週は犬島に渡る

すでに四国過疎の島なり秋ひと日さらに海へと船を漕ぎ出す

一九〇九年銅の精錬所創業し十年後には閉鎖されたる

一九〇九年、明治四十二年、東京に茂吉はチフス患う

裸電球の灯りに照らさるる丸窓のこんな感じの芝居がありし

三島邸の襖障子と言われつつオブジェがつくる昭和の暗さよ

あの時に三島は日本の「近代」を憂うとみせて嫌悪したのか

あまりながく見つめていれば鬼がくるそんなかそけさ　あかまんま咲く

三年に一度くらいの間隔で巡れば愉しや瀬戸の島々

同級生

大学の恩師の訃報告げてくる電話かかりぬ同級生より

「共通一次」導入以前に東京の国立大で地味に学びし

「君《クン》」で呼ぶ男友達同級生なつかしきかな　デモにも行きし

地下鉄を待つ間語りし茗荷谷駅は階段下りてゆくなり

泣き顔も真面目でありしよこの友はデモに行く日の青いTシャツ

廃校の決まりし学舎の新学期荒れて人数《ひとかず》さびしくなれる

犬搔きしかできず息継ぎ苦しかりその後もおらず体育会系の友

音がして少し遅れてその後をゆっくりほどけ消えゆく花火

のぼりゆく坂ばかり見えし　その坂をくだる日あらんと誰れも話さず

思うことだけが好きなりそのわれは育ててしまう就職せぬ子を

沈むべき船には決して乗らぬこと目利きと呼ばるる人のかしこさ

沈みゆく船の重たさ乗り合わす人の重たさひとつにならん

いわし雲

柱にもたれかかれば背な温しとおくの秋を思い起こしぬ

思い出のなかをくぐりてかえりくる赤とんぼあり　指を差し出す

大きなる素焼きの甕の秋となり内には温く蛇をねむらす

ビニールの傘さしゆけば傘のなかくちびるのさきほのぼの湿る

バロックのパールのようにうつくしき歪みを愛でし「イデオロギー」を
見て触れてかわいいものが愛さるるかわいいものは昼も眠たし
貴船川間《あわい》を流る謎ひとつ謎ふたつみつころがしながら

馬舎人馬にもたれて眺めしは入り日に焦ぐるいわし雲かな

かたち

しばらくは泣いていないと気づかせていわし雲なり　きょう秋がくる

仲秋の名月という月のぼりこの世のどこかおぼろとなれる

ひめじょおんすすきかるかや野の草に花ひらく昼麵麭をわけあう

雨あがり肩の力をふうと抜き島はやさしきかたちとなれる

昼食の秋刀魚のわきに添えらるる酢橘をしばし眺めて箸とる

薄皮の饅頭頬張りその皮をむさぼるように語れる昔

思い出せばいつもさびしくなってゆくそんな手紙があるにはあるが

畳目がうっすら腿にはりついてきたようで昼うたた寝を覚む

感情

歌つくる朝おぼゆる空腹の感覚こころはひもじかりけり

体温がぽあんとあがっていくようで朝つくる歌一日《ひとひ》を灯す

のりしろをはみ出してしまう水糊は耳のしろさよ日向に置かん

プリントの端をトントン整えて提出書類に印を添えたり

月曜日「総合的に判断しました」結果を知らす文書が回る

靴箱のならぶ玄関しずかなり廃校となる東小学校

卒業生粛々とゆく黄道を十二の星座巡れるように

繋がれる紐見えぬことしばしあり柴犬と老人坂のぼりゆき

のっぺりと丸まっていく感情をさらに馴らして山の夕暮れ

川上

川上を思いてきょうは火をともすなつかしきかな炎のゆれて

こちら側歩いていけば対岸を歩めるひとに出遭う朝あり

いざなわれゆく日はあらん目つむりて顔全体に冬陽味わう

子どもらを育てし頃の育児書は日光浴を薦めていたり

甘いもの買っておこうと街へ出る頸のマフラー二巻きにして

跨線橋上りて少し高きより見下ろす街の大寒の朝

とりどりの色にちらばる積み木あり夢にはむらさき手にして坐る

しきしまの

しきしまのやまとしうるわし美しき言葉に語る〈ヒロシマ〉〈フクシマ〉

夜くらき海沿いの村作りたる電気は首都に運ばれてゆく

クリーンだからと白き姿に蹲る巨大なるもの夜舌を出す

咳き込めば背なに差し込み灯が消えて上半身に痛みある列島

水底を歩めるごとし足首がひやりつめたし列島の春

火が欲しい寄り合えば温ししかし火が欲しいと思う記憶の底に

見えぬ火を手にしてしまい人間は昼もみえざる敵に向き合う

「安全だ」語らるるとき口腔《くち》の奥ちろちろ動き燃えている舌

もやもやと春は霞ぬ遠からず愚かなりしと語らるる時代

「ガンバロウ」繰り返し声を掛け合えばやがての春に花は咲かなん

ひとつこと言うは恐ろしどの口も「オ國ノタメ」と唱えし時代

北のことことしは思わず　うすずみのさくら呟きしろく散りゆく

守るべき場所をみやこと呼び習いぬばたまの夜を運ばるる電力

もうすでに明るき夜は帰りきてこの都市は人間《ひと》にひどくやさしき

あかあかと卓に灯を置き歌語る男のようなり首都の時間は

東京が大好きだった若き日のわれを思うは恋のごとしも

彼岸

春彼岸海辺の街に眠りいる犬のにおいは濃密となる

吸うことに飽いてくちびるはずしたるみどりごのようにうるみゆく空

待針のガラスの玉のかがやきて日照時間延びてゆく午後

目鼻なきものと見上ぐる真円に整うまえの月のやさしさ

落椿くれない小さく崩す犬つづけるわれも踏みてしまいぬ

「お彼岸が来たから」縁に背な丸く屈める祖母の向こうの夜桜

セロリ切り茗荷をきざみ厨辺に彼岸の昼の水の匂いす

うつわ

器三つ盆に置かれて運ばるるわが感情を馴らしおくため

雲ながれ雲の裏側たましいはながれて日暮れ空に吸わるる

枝と枝うちかわす音生きの音夜は白桃ていねいに剝く

郵便局の窓口の向こうしゃりしゃりと小銭を若き娘が数う

今朝はわが丈より高き木の枝にかたつむりいてわれを見下ろす

嫌われている手応えはいきいきとひとつテーブル囲みて語る

日本銀行《ニッポンギンコウ》繰り返さるる「ポン」の音キャリアウーマンの講演を聴く

ぬばたまの黒きポリ袋なか見えず人魚が海へ運ばれてゆく

温湿布貼りたし夏の風邪をひき丸まる列島の背なのあたりに

歌人《うたびと》は死んではならじそんなこと思わせて夏　向日葵が咲く

神無月しずかに水は地を這いて世界のどこか炎燃え立つ

白き尾の伸びておりしやレジの前並びて紙幣差し出すわれは

人ひとり燃やしてしまう大きさのドラム缶なり草に埋まる

わたくしはだから小さき音たてて木の橋わたる夏の終わりに

見せ合いて

枯れ草のうえに火の点く紙を置き燃え立つ匂い　思い出すこと

プリントを束ねていいたる幅広の輪ゴムの感覚手首に移る

てのひらに時おり水をすくいつつ指ぬらし語る船べりの恋

マフラーに顎を埋めて頷きしうなずきて見し橋脚の影

影を濃くこころに刻みき煮凝りのようなる記憶今宵味わう

トラとウマ一緒に駆けくる　壮年になりて知りたる用語「精神的外傷《トラウマ》」

優等生のだからとびっきり努力家の姫川亜弓のようなひとなり

ゆうぐれの神社の石段下りてくる人に出会わず　上はおそろし

集落を見下ろす高さに鳥居あり氏子と呼ばるる人の棲む屋根

どう言えばよかったのだろう帰宅してバッグのなかの鍵を手探る

丁寧にたたみて縮みの風呂敷を仕舞えりこころ折れそうな夜

家には柱時計がかけられてやや高きにて時刻知らせし

はらわたがこころとからだをつなぐから起きぬけの水喉そらし飲む

寒い朝息しろく吐き見せ合いて小学生ら楽しげにゆく

水

さびしさびしと呟くように水が泣くそれでも橋を渡りて帰る

はがききて郵便受けに濡れているひとの書きたるひらがな濡るる

ナツオチャンゲンキニシテイルカシラたしか隣の部屋に住みたる

井戸底に釣瓶汲みたる水の音しかと聴きしは誰が耳ならん

姉なくばきょう霜月となる朝肩甲骨のあいだがさむい

妹もわれにはあらず堀の水しずかに月に照らされてゆく

流るる夜あらばと願う澱みたる水の重たさ足首ぬくし

鬼葦毛

ひとりぶんの玉子が焼かれそのなかのほうれんそうとしらすの味わい

馬ならばおそらく木曾の鬼葦毛赤き直垂の武者をのせたる

不器用に生きてと呟き振り返るいくつ渡りし木や石の橋

弥勒仏膝にのせたる右脚の足裏濡れていくような雨

牡蠣鍋の土手なる味噌をくずしつつ語れば恋のようにはなやぐ

さいわいのあかしのように蜜柑盛り卓上に藍の鉢は置かるる

かさこそと枯れ葉の音す日本語は乾きて甘き匂いの響き

クリームよりジャムパンが好きそんな朝土手に銀杏の黄葉すすむ

深更に犬出しやればオリオンはすでに頭上に移りてさむし

こころ揺れひとを憎める一瞬を火竈《かまど》の蓋が開き始める

椿

制服の少女ら日なたに群れ合いて遠く見ゆれば椿のごとし

咬み合う前の闘犬のような声を出す男子生徒と廊下に出会う

しゃがみ込み見上ぐる夕空殊にあかく犬の目線を味わっている

月光《つきかげ》に照れる椿の葉の繁り死者の眼いくつ見下ろしおらん

穴子鮨盛りつけ脇にはたっぷりと阿波の番茶の湯呑みをそえる

とべばまた地表に帰ってゆけるから涙目をして椿つぶやく

落椿ななつひろいて草の上ならべてかえる家の庭より

あざやかに落ちたる椿窓に見てひねもす立ち居のゆるき怠り

桜森

われの背なひともたれくる気配ありほのかにぬくし桜森ゆく

わが裡を流るる水の音きこえ名詞少なき歌に疲るる

藤の花垂れてゆらぐをかなしめり水辺の国に生まれて棲みて

ダリの時計三度《みたび》を熔けてニッポンはさくらさらさら放射能ふる

学ぶこと少なきままにここに来てさびしもよ師はとおくに立てる

名詞多き歌につかれてはなみずき卯月夕空背負うに重し

横綱

神待つと出でて戸口にあるごとし猫のしっぽが時折あがる

久保神社鳥居を曲がり金倉の小さき流れを渡る橋あり

苗植うる水無月の頃水辺行き水盗人の足音ききし

犬とわれの間の闇にほたるきて時には灯り流れゆきたり

はかなきは貴きことかな水のうえいのち灯してほたる息づく

村相撲の場所近付けば梅雨晴れに老いたる横綱深呼吸する

葛切りの字面のまずは「裏切り」を思いおこさせ黒蜜まぶす

水色の鉛筆の先尖らせて越えてゆきたし若葉の山を

夏至の日の夕暮れ空を見上げおりふわふわタオル頸にひっかけ

聴こえざる話をじっと待つように遺影に夫は若く微笑む

万国旗

それほどは暑くなかったはずなのに「暑いですね」と言い合いし夏

しっくりと掌《て》になじむ漆の一椀に盛りて食みたし白味噌の汁

予報士は預言者のようで魔女のようで明日は猛暑と告げて微笑む

学校へ行く道すがら思い出す西日に照れる干潟の向こう

塩入と地名残れる峠道阿波の国へと山続きたる

白壁の角より鬼があらわれてしずかにわれをまっている宵

取返しつかないことは何ひとつないようで　否　なかったようで

日曜は亡き人ばかりが恋しくて夕べの空に補助線を引く

地下へ行く階段あらずこの村は山の斜面《なだり》に墓が掘られて

「集落」とう鄙びたる語に「限界」と冠され社会用語生まるる

ここでみる山の夕日が好きだから自転車をおし坂のぼり来る

中央に棲まざる生を思うとき洗濯物のような三日月

そのなかに淋しき音《おん》は隠されて闇ひろげゆく子守唄かな

洩れてくる人語ききつつ行く路地に出汁の匂いす　五十代過ぐ

万国旗きれいな秋の空にゆれ世界がひとつであるような　夢

晴れと雨と

雨だれの音の奥からきこえくる畦を近づく地下足袋の音

飾られず幾春過ぐれば薄闇に眼《まなこ》は馴れて女雛またたく

曲がりたる細き畦道なつかしき靴にて大豆を踏まぬようにす

海沿いの国道のそば夜灯りコンビニは建つその前に待つ

ギリギリに個体識別可能なる距離にて手をふる傘を持ちあげ

冷却の電源喪いゲンパツは制御不能の巨大なるオニ

オニ怖しやがて食われてしまうだろうすでに大鍋湯気たっている

地球はおおきな方舟　先の世にわれは海辺に水売るおみな

雨雲の後ろに青き空ありきむかしむかしのこの国のこと

鳴雪書く「鐵幹君より文藝の士は戰爭と關係なしと申越され」と

（「明星」明治三十七年四號）

背後には晴れたる空あり鷗外も漱石もおり憂欝な貌して

清明のあした明治の男らは手鏡かざし髭をととのう

おもむろに頷き決して歯をみせて笑わぬことは彼らの流儀

土砂降りの雨は程なく降り止めばからっと広がる明治の青空

脱臼の肩を押さえて青空へジャンプしてゆく　近代日本

坂とおく続きておれば蝙蝠の傘をたたみて彼らは歩む

あとがき

本書は、『夏の騎士』に続く第六歌集であり、二〇〇八年から二〇一二年までの作品三七八首を、ほぼ制作年順に収めました。

飯塚書店から、「現代短歌ホメロス叢書」への参加のお誘いを受けたのは、昨年の晩秋でした。「飯塚書店」と言えば、武川忠一先生が『作品鑑賞による現代短歌の歩み』を刊行された出版社であり、何とも言えず懐かしい気持ちになったものです。二つ返事でお受けし、メンバーに加えていただくことをお願いしたのですが、その後は、私方の都合で、実質的な作業がずいぶん遅くなり、ご迷惑をおかけすることになってしまいました。

まとめていると、「橋」に係わる作品が多いように感じましたので、歌集のタイトルは「橋梁」としました。

私にとっては、この歌集が、武川忠一先生がお亡くなりになった後、最初に発行する歌集となります。

先生、私は、少しは遠くまで歩けたでしょうか。

「いやあ、君、まだまだだね！」とおっしゃる先生の声が聞えてくるような気がしますが、いつも、どこかへ向かって、時には橋を渡りながら、歩いていたいと思います。

貴重な学びの場として、私に刺激を与えてくださっている「音」の皆様、いつもありがとうございます。

出版にあたっては、飯塚書店店主飯塚行男氏にたいへんお世話になりました。厚くお礼申し上げます。

二〇一六年九月

糸川雅子

糸川　雅子（いとかわ　まさこ）

一九五二年　香川県生まれ。
一九七二年「まひる野」入会、その後、一九八二年「音」創刊に参加し、
現在、選者、編集運営委員。
歌集『水螢』『天の深緑』『組曲』『タワナアンナ』『夏の騎士』
評論『定型の回廊』
随筆『スイート』『鑑賞　高橋由一――金比羅宮所蔵の風景画』
現代歌人協会会員、日本文藝家協会会員。

現代短歌ホメロス叢書
歌集『橋梁』音叢書

平成二十八年十一月二十四日　第一刷発行

著　者　糸川　雅子
発行者　飯塚　行男
発行所　株式会社　飯塚書店
http://izbooks.co.jp
〒一一二-〇〇〇二
東京都文京区小石川五-十六-四
☎ 〇三（三八一五）三八〇五
FAX 〇三（三八一五）三八一〇

印刷・製本　株式会社　恵友社

ISBN978-4-7522-1209-6